카프카를 읽는 아침

카프카를 읽는 아침

초판 인쇄 2020년 12월 3일 | 초판 발행 2020년 12월 10일

지은이 송명희 | 펴낸이 한봉숙 | 펴낸곳 푸른사상사

주간 맹문재 | 편집 지순이 | 교정 김수란 | 등록 1999년 7월 8일 제2-2876호

주소 경기도 파주시 회동길 337-16 푸른사상사 | 전화 031) 955-9111(2) | 팩스 031) 955-9114

이메일 prun21c@hanmail.net | 홈페이지 http://www.prun21c.com

ⓒ 송명희, 2020

ISBN 979-11-308-1723-1   02810 | 값 15,000원

본 도서는 2020년 부산광역시 BUSAN METROPOLITAN CITY · 부산문화재단 BUSAN CULTURAL FOUNDATION 지역문화 예술특성화지원 부산문화예술지원사업으로 지원을 받았습니다.

카프카를 읽는 아침

송명희 사진 시집

푸른사상
PRUNSASANG

　2002년에 첫 시집『우리는 서로에게 가는 길을 잃어버렸다』를 발간했다. 그 후 늘 두 번째 시집을 발간하고 싶다고 생각했지만 논문과 저서 발간 등으로 시를 쓸 수 있는 시간과 마음의 여유가 없어 그 꿈은 계속 지연되어왔다. 하지만 지연된 욕망은 사라지지 않고 오랫동안 나의 의식과 무의식에 하나의 강박처럼 똬리를 틀고 있었다. 그러다가 2017년 8월로 수십 년간의 교수 생활에서 은퇴를 하게 되자 비로소 시를 쓸 수 있는, 어쩌면 나 자신과 주위를 돌아볼 수 있는 마음의 여유 같은 것이 생기게 되었다. 이번 시집에 수록된 시들은 대부분 은퇴 이후에 쓴 것이다.

　대부분의 시를 산문시 형태로 썼다. 산문시는 언어를 산문처럼 자유롭게 사용함으로써 시가 의도한 사고와 감정을 보다 자유롭게 표현하고자 한 것이다. 어차피 현대시는 낭송하는 장르가 아니라 읽는 장르이다. 그런데 시적 언어가 가진 압축성, 비약성, 비논리성은 언어적 긴장을 통해 새로운 비유와 의미를 창출하기도 하지만 때로는 의미 전달을 방해하고 시를 난해하게 만들 수도 있다. 그리고 이 난해성이야말로 독자로 하여금 시와 멀어지게 만드는 치명적 요인이 될 수도 있다고 생각한다.

　시집은 5부로 나누어졌다. 제1부에서는 실존적 존재로서 인간의 불안과 소외, 그리고 초현실의 세계를 천착하여

보았다. 제2부에서는 역사사회적 존재로서의 나의 관심들이 담겨 있다. 러시아의 블라디보스토크에 갔을 때 무심할 수 없던 고려인의 삶이나 작가 조명희에 대한 회고, 5·18광주민주화운동이나 세월호 사건, 외주노동자나 노숙자 같은 사회적 약자들의 소외된 삶, 코로나 19로 우울증에 빠진 일상 등을 그려보았다. 제3부에서는 상호텍스트성에 기초한 작품들을 수록하고 있다. 때로 예술가의 혼이 응축된 예술작품들은 더 강렬한 시적 영감을 불러일으키며 나를 시를 쓰고 싶은 충동 속으로 몰아넣는다. 제4부의 시들은 늙음과 죽음 같은, 인간이라면 누구나 회피할 수 없는 근원적 문제의식을 환기한다. 제5부에서는 사랑과 그리움, 그리고 외로움과 같은 시공을 초월한 인간의 보편적 감정을 표현하였다.

　어찌 보면 너무 다양한 시적 세계라고 할 수 있을지도 모른다. 하지만 그것들은 순간순간 변화하고 복잡하기 짝이 없는 인간의 다양한 관심의 흔적들을 보여준다고 할 수 있다. 인간은 때로 고독한 단독자가 되기도 하고, 때로 사회적 불의를 참지 못하고 분노하기도 한다. 어느 순간 뛰어난 예술작품들을 보면서 예술적 영감을 받기도 한다. 자신의 연령에서 경험하는 문제들에 대해서 고뇌하고, 인간 보편의 정서들과 마주치기도 한다. 나는 그때그때 부딪치는 문제의식과 감정들을 회피하지 않고 직면하면서 남과 공감할 수 있는 보편성이라는 가치를 염두에 두고 시를 썼다.

정년퇴직을 하면서 나 자신에게 몇 가지 약속을 했다. 시를 써서 두 번째 시집을 내는 것, 국문학자로서 정형화된 논문보다는 그동안 등한시해온 문학평론가로서의 글쓰기로 복귀하자는 것, 문학 텍스트가 아니라 '지금' 내가 살고 있는 '여기'의 세상을 텍스트로 삼은 문화비평 같은 글쓰기를 하자는 것, 활자의 세계에서 벗어나서 이미지의 세계로 나아가자는 것, 일을 일부러 찾아서 하지는 않겠지만 나를 필요로 하는 일이 있다면 거절하지 않음으로써 사회적 관계를 유지하면서 즐겁게 살겠다는 것 등이다. 그때 나 자신에게 했던 약속들은 지금 대체로 잘 지켜지고 있다.

활자의 세계에서 벗어나서 이미지의 세계로 나아가겠다는 것은 대체로 두 가지를 염두에 둔 것이었다. 하나는 사진을 본격적으로 찍자는 것이었고, 다른 하나는 오랫동안 중단했던 유화를 다시 시작하는 것이었다. 별도의 작업 공간을 필요로 하는 유화는 아직 시작을 못 하고 있지만 곧 사진과 유화의 컬래버레이션을 시도할 수 있겠다는 생각을 하고 있다.

2010년부터 여행을 갈 때 사진기를 들고 가서 사진을 찍곤 했지만 퇴직하면서 이제 사진에 정식으로 입문할 때가 됐다는 생각을 했다. 따라서 문진우 사진가의 문하에서 사진을 찍기 시작했다. 그는 다큐멘터리 사진가지만 사진의 스펙트럼이 매우 넓은 작가라서 사진을 찍는 각자의 개성을 존중하고 격려해준다. 나는 무거운 사진기를 넣어두고 가벼운 카메라를 새로 사서 전문적인 사진가의 시선이 아니라 문학인의 시선으로 내가 찍고 싶은 사진을 찍고 있다. 굳이 일반 사진가들과 차별화된 길을 가고자 한 것은 아니지만 지금껏 문학을 연구하는 학자이자 글 쓰는 사람으로 살아왔기에 자연스럽게 형성된 길이라고 할 수 있을 것이다. 간혹 어떤 이는 내 사진의 회화주의적 경향을 지적한다. 사진을 찍기 전에 유화를 그렸기 때문에 이 또한 나도 모르는 사이 형성된 것일 것이다. 내 사진의 구도와 색감 등은 사진 이전에 회화로부터 터득한 것이라고 할 수 있다.

한때 나는 사진은 현상의 기록이자 복제예술이므로 주관적 자아를 표현할 수 없다는 고정관념, 즉 리얼리즘에 고착된 사진관을 갖고 있었기에 사진예술에 대해 무관심했다. 하지만 2010년쯤에 관람했던 한 사진전은 기존에 내가 가지고 있던 사진에 관한 고정관념을 깨뜨리면서 사진이라는 예술에 비로소 관심을 갖게 만들었다. 그때부터 사진이라는 매체를 통해서도 시적 서정과 주관적 감성을 얼마든지 표현할 수 있다는 표현주의적인 사진관을 갖게 되었다. 그 후 순수예술로서의 사진은 얼마든지 주관적 자아나 내적 세계를 충분히 표현할 수 있다는 확신을 갖고 사진을 찍어오고 있다.

사진 출사는 생전 가보지 못한 시공간 속으로 나를 데려갔다. 사진을 찍지 않았다면 결코 경험하지 못했을 시간과 공간 속에서 맛보는 희열은 사진을 찍는 즐거움 이상의 행복감을 준다. 집으로 돌아와 찍은 사진들을 컴퓨터 모니터에 불러오는 작업 역시 새로운 열락을 선사해준다.

인간은 자신의 사고와 감정을 다양한 형태의 장르와 매체를 통해서 표현하려는 본능을 가지고 있다. 나는 그동안 문학이라는 장르를 통하여 표현 본능을 주로 표출해왔고, 한때는 유화를 통해서도 표출했다. 이제 표현 매체를 다양화할 필요성을 느끼게 되었다. 나는 사진이라는 장르를 새로운 표현 매체로 갖게 된 것을 기쁘게 생각한다. 여기에서 나아가 동영상으로 매체를 확장하자는 생각도 갖고 있다.

최근에 시에다 사진과 음악을 결합시킨 영상시를 제작하여 유튜브에 올리는 일을 하고 있다. 컴퓨터 안에서 잠자고 있는 사진들을 불러와서 시, 그리고 음악과 결합시키는 제작 작업도 즐겁거니와 모바일과 인터넷이라는 공간을 통해서 독자와 소통하는 것도 즐겁다. 종이책이 아니라도 또 다른 소통 공간이 있다는 것이 시인들에게는 새로운 출구가 되어줄 것이다.

나는 이번 시집을 시와 함께 그간 찍은 사진들을 함께 수록하는 사진 시집 형태로 발간하는 새로운 시도를 해본다. 이번의 시집은 비록 종이책 형태로 출간되지만 사진과 컬래버레이션을 함으로써 독자에게 시를 읽는 즐거움 이외에 시각적인 즐거움을 줄 수 있을 것으로 기대한다.

뒤표지 글을 써주신 철학자 이왕주 교수와 문학평론가 고형진 교수, 사진 해설을 써주신 문진우 사진가에게 감사의 말씀을 드린다. 시집 초고를 같이 읽으며 의견을 준 제자 배옥주 시인에게도 고마움을 전한다. 제1시집에 이어 제2시집의 출판을 맡아주신 오랜 인연의 한봉숙 사장과 푸른사상사의 편집진에게도 감사의 말씀을 드린다. 제작비를 지원해준 부산문화재단에도 고마움을 표한다.

겨울이 다가왔고, 한 해가 저물어간다. 이 한 권의 시집으로 내 삶의 한 시절이 정리될 것이다. 세월은 흘러가도 예술은 남는 것인가?

2020년을 보내며
송명희

| 차례 |

| 차례 |

| 차례 |

14

제1부

불면증

천장에는 검은색 벌레들이 스멀스멀 기어 다닌다. 엎치락뒤치락 뒤척이는 사이 불안은 엘리베이터를 타고 오르내리고. 벽 속에서 걸어 나온 것일까 분명 문은 잠갔는데….

얼굴 알 수 없는 남자 침대로 다가와 나를 내려다본다. 목을 조르려는 손아귀의 강렬한 힘. 천길만길 절벽에서 굴러떨어지는 순간 퍼뜩 눈을 뜨면 달라진 것 아무것도 없다, 누군가 있었던 흔적 없다.

아무것도 보이지 않고 아무 소리 들리지 않는다. 가슴골을 타고 흐르는 흥건한 땀줄기. 양 스무 마리를 헤아리다 잠든 나는 마른기침을 내뱉으며 잠에서 깨어난다. (꿈속일까 실제일까. 환영은 나의 영혼을 잠식하고 있다.)

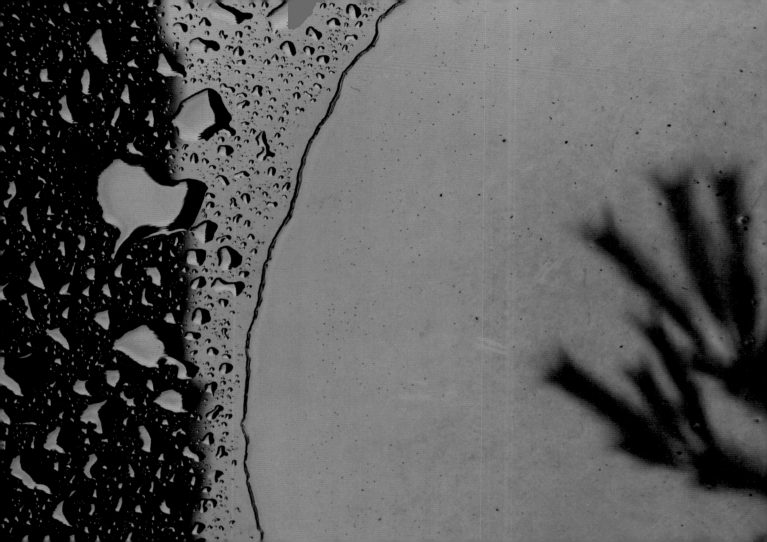

이명

불쾌한 소리 귀를 찔러 한밤중에 잠에서 깨어났다. 곤충 소리일까, 시멘트 바닥에 금속 끄는 소리일까. 사방을 둘러보아도 여전한 나의 침실. 창문은 닫혀 있고 누가 다녀간 흔적 하나 없이 멀쩡하다. 외계인이 내 뇌 속에 들어와 살고 있는 것일까? 말벌 한 마리 귓속에 들어와 끝없이 붕붕거린다. 바람 소리, 기계 돌아가는 소리, 휘파람 소리, 맥박 소리, 매미 소리…. 정체조차 알 수 없는 무질서한 소리들 어지럼증을 일으킨다. 우우우우우우……. 알아들을 수도 없는 소리들 귓가에 메아리친다.

누군가에게 가닿지도 못한 말들 웅웅거리는 소용돌이. 발화되지 못한 말들 더듬거리는 동안 깊이 알 수 없는 웅덩이엔 흘러가지도 못한 채 고이는 것들. 세상은 온통 아뜩해지는 현기증에 휩싸이고, 모래톱에 빠진 차바퀴처럼 앞으로도 뒤로도 나아가지 못하는 나는 지금 너에게 포획되어 있다.

이별

　도시가 야광충처럼 몸을 드러내는 시간, 떠도는 소문처럼 기억은 제 몸에 불 밝히면서 순식간에 달아오른다. 일몰을 뒤로하고 서 있는 여자의 시선, 떠나는 남자를 향해 오롯이 꽂혀 있다. 금방이라도 터질 듯한 울음 삼키며 얼굴 찡그리는 여자. 야경은 준비된 만찬인가. 헤어짐은 만남만큼 익숙하고 확실하다. 불확실한 것은 눈에 보이지 않는 사랑. 남자와 여자는 그들에게 허락된 한순간도 놓치지 않으려는 듯 깊게 쳐다본다. 이별은 그들의 눈빛 속에서 강렬히 저항하지만 정해진 운명을 바꿀 수는 없다. 사랑은 이미 과거를 향해 있다. 미래를 바라보던 눈빛 빛을 잃었다.

그녀의 집

　1층에 살고 있는 나는 2층에 살고 있는 그녀의 공간을 알지 못한다. 불과 한 층 위 콘크리트로 가로막힌 그녀의 공간. 내가 발 딛고 선 지층의 깊이 가늠할 수 없듯 층계 아무리 밟고 올라가 보아도 켜켜이 쌓여 있는 그녀의 비밀 알 수 없다. 저녁이 왔지만 아직 불도 켜지 않는 그녀의 집 창문은 완강한 어둠 속에 잠겨 있다. 상점들 하나둘 불 밝혀 거리는 활기를 띠기 시작했으나 내 마음은 지척 분간할 수 없는 어둠 속으로 침몰한다.

외포리 갈매기

개펄에는 갈매기 떼 날갯짓도 없이 앉아 있다. 그들이 꼼짝도 하지 않고 쪼는 것은 물고기가 아니라 시간. 공복보다 더 끔찍한 것이 권태일까. 작가 이상은 초록 일색인 성천*의 여름날에 몸서리를 떨었지만 외포리 갈매기는 하늘도 바다도 온통 푸르러 몸서리친다. 썰물 빠져나간 개펄에는 파도 대신 진흙 빛 공허가 넘실거리고…. 그곳을 주인처럼 차지하고 앉은 갈매기 떼.

달빛 푸르게 부서지는 방파제, 개 한 마리 데리고 산책하는 중년 여인의 머릿속에선 밤게들이 뽈뽈이 달아났다. 마침내 불안이 밀물처럼 머릿속을 잠식해 들어왔다.

* 성천은 시골 마을의 변화 없는 자연과 그 속에서 사는 사람들의 지루한 삶의 모습을 그린 이상의 수필 「권태」의 배경이 된 장소로서 평안남도에 위치하고 있다.

기다리지 못해

건전지를 갈아 끼우다가 시계를 버리기로 결정한다. 하수구에 처박힌 추억들이 장맛비에 쓸려나가기를 기다리는 동안 컴퓨터는 리셋된다. 새로 쓰는 프롤로그는 빛나는 언어로 새로운 폴더를 생성하고. 청바지를 입은 남자가 고속도로를 스포츠카로 질주하는 사이, 옛 남자는 고물차를 끌고 국도로 떠나갔다. 사람들은 헤어지기 위해 사랑을 하는 것일까. 새로운 사랑을 찾기 위해 헤어지는 것일까. 이별과 사랑은 출구와 입구를 혼동한다. 맹목에 덜미 잡힌 나는 냉동고에서 고등어를 꺼내 시간을 토막 낸다.

소문

여자가 케첩 병을 들고 가다 돌부리에 채어 넘어진다. 케첩이 여자의 가슴팍에 선혈인 듯 낭자하다. 뛰어가던 남자 고개를 돌려 여자를 쳐다본다. 그의 손에 쥐어진 붉은 페인트가 칠해진 칼. 남자는 당황하여 달아나기 시작한다. 오해로부터 발생된 사건은 소문에 소문을 낳는다. 서로 이름조차 알지 못하던 남녀는 치정에 얽힌 관계로 포장된다. 소문의 권력 아래 여자와 남자는 좀비처럼 무력하다. 사람들은 진실 따윈 관심 없다. 그들이 원하는 건 오로지 새롭게 소비해야 할 흥미로운 스캔들. 진실을 알려고도 들으려고도 하지 않는 세상은 늘 무한 증식하는 좀비가 필요하다. 오늘은 네가, 내일은 내가 될지도 모를….

매복

날치 떼 수천수만의 날카로운 칼이 되어 무질서한 비행을 시도한다. 벼랑 끝은 매복한 병사의 창끝처럼 첨예하다. 상륙한 점령군의 기세처럼 생선 비늘 하얗게 부서지던 분노. 심장은 걷잡을 수 없이 요동친다. 파도는 살아있는 바다의 맥박이다. 소나기를 몰고 온 거친 바람이 나무들을 후려친다. 한밤중은 나무들의 비명으로 애간장을 쥐어짠다. 불행과 맞닥뜨린 남자는 골목으로 달아나고, 창문 뒤흔드는 심난한 바람 소리에 암막 커튼 쳐보아도 나는 잠들지 못한다.

지진

    안경을 잃어버리고 나서야 너를 바라볼 용기가 생겼다. 누가 숨어 땅을 흔들어대는 것일까. 경상북도 경주시 남남서쪽 규모 5.8 지진. 아무리 눌러봐도 송신되지 않는 전화번호처럼 흔들리는 지축 틈새 어디로 너는 숨어들어 갔을까. 수시로 내 안에 감지되는 여진. 바다는 순식간에 큰 너울로 달려드는데 그 어디에서도 너를 찾을 수가 없다. 진동이 전달되는 속도보다 빠르게 무너지는 내 안의 균형.

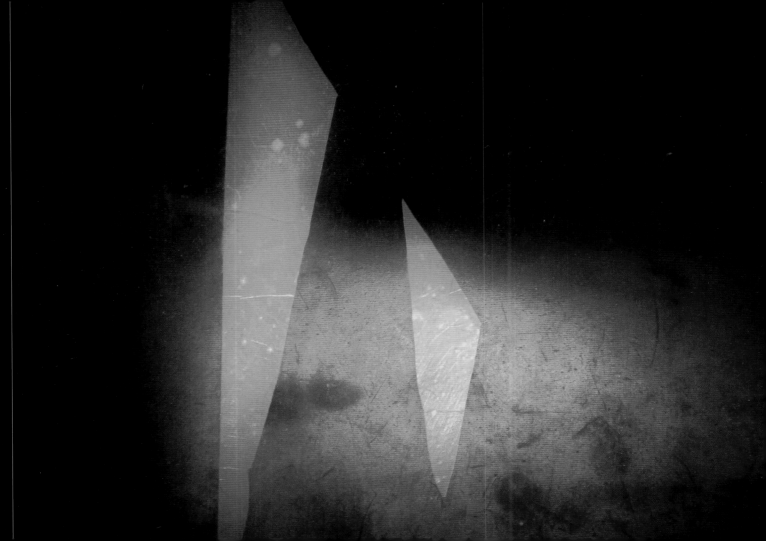

해독할 수 없는

모래톱 사이로 스며드는 저물녘 종소리. 평화의 메시지가 모래 위에 신의 은총처럼 울려 퍼진다. 간절한 손목 하나 나타나 한 자 두 자 기도문 써 내려가지만 밀려오는 물결에 그리움 금세 지워지고. 갈매기는 허공에다 해독할 수 없는 시를 쓰고 있다. 서녘에 장엄한 교향악 펼쳐질 때 나는 너의 눈동자 속으로 잠입해 들어간다. 그래도 네 마음에 닿을 수 없어. 너는 영원히 불가해한 블랙홀. 냉혹한 얼굴을 한 네 손길 때로 양털처럼 부드럽다. 끓어오르는 너는 어느새 저만큼 물러나 빙벽으로 서 있다.

우주

김환기의 〈우주〉는 최고가를 갱신했다. 그래도 나는 갈무리한 욕망을 꺼내들 수 없다. 내 안에선 너에 대한 아픈 기억만 재깍거릴 뿐. 동치미는 익어가도 너에 대한 사랑은 오래전에 숙성을 멈춰버렸다. 사우나에서 맨몸의 영혼들 길을 잃고 허우적거리는 동안 마침내 암전. 길은 보이지 않는다. 깊은 우물 속에서 출렁거리는 우주를 나는 두레박으로 퍼 올리지 못한다.

풍경화 너머

　시간은 흩어지는 눈발 속으로 하얗게 실종한다. 밀레의 만종처럼 평화가 고여 있는 호수에 시뻘건 피가 차오른다. 쏴야 할 적도 모른 채 겨누는 총구에서 활화산 같은 분노 솟구치고. 아득한 깊이에서 수천수만 도의 마그마 울음 참지 못하고 터져 나온다. 악마의 혀처럼 넘실거리는 플라스마. 아찔한 저주는 정수리를 가른다. 꿈속에서도 비명 내지르는 생생한 아픔. 풍경화 속으로 파고드는 생의 균열, 마침내 평화는 깨어진다.

절멸의 고요

둥지는 어둡다. 동굴도 장롱 속도 서랍 속도 상자 속도 어둡다. 자궁 속 웅크린 네 모습 편안하다.

밝음보다 낮은 곳에 놓아둔 어둠은 빛과 교체되고, 높음과 낮음은 자리를 바꿔 앉는다. 때로 어둠은 가장 환한 빛, 선명한 무질서.

동굴은 절멸의 고요 속에 파묻혔다. 나는 한 마리 짐승처럼 어둠 속에 포획되었다. 수만 년 전 원시인이 처음 이 동굴로 걸어 들어왔을 때처럼.

어디선가 물방울 떨어지는 소리, 박쥐 한 마리 푸드득거리며 머리 위를 스칠 때 호모 사피엔스에 오버랩되는 네안데르탈인의 원형질의 전율.

카페 '바다'의 테라스에 앉아 있다. 내 곁에 앉은 그가 커피를 마신다. 그는 아침의 태양 속으로 시선을 던진다. 유람선을 따라가던 갈매기 떼 수평선을 빠져나온 태양 속으로 날아든다. 그는 잠시 얼굴을 찡그린다. 너무 눈이 부신 탓일까. 찻잔 속으로 잦아드는 고요의 흐느낌.

제2부

블라디보스토크의 늑대

그날 블라디보스토크 자작나무 숲에서는 늑대의 울음소리 밤새 창을 흔들었다. 나는 자다 깨다를 반복하며 가늠할 수 없는 안개 속에서 외로운 늑대처럼 이리저리 헤매고 있었다. 찾고 있는 것은 불안을 잠식시킬 한 줄기 빛이었을까. 피투성이가 된 맨발 소리의 정체 드러내지 않았다. 휙 작은 불빛 두 개 다가왔을 때, 팔뚝은 소름이 돋고 동공은 두려움으로 확 커졌다.

그 순간 나는 잠에서 깨어났다. 창밖은 여전한 늑대 울음소리, 깊이 알 수 없는 안개뿐 자작나무는 형체마저 보이지 않았다. 두려움은 의심을 낳고, 의심은 배신을 낳는다. 새벽닭이 울기도 전에 스탈린은 믿음이란 거울을 깨뜨려버렸다. 나의 머릿속은 처분되지 않은 불협화음으로 지근거렸다.

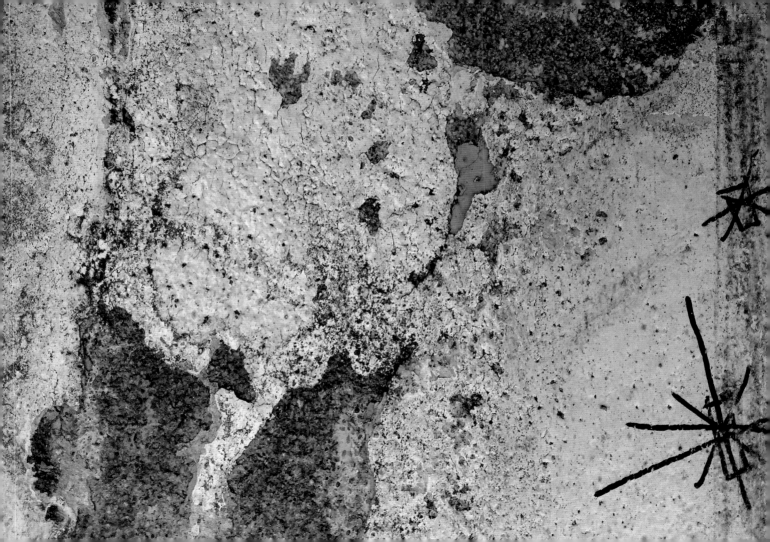

연해주의 조명희

『낙동강』의 로사 박성운의 죽음 애도하며 그가 못다 이룬 꿈을 위해 북행열차를 탔다. 조명희가 꿈꾼 건 제국의 지배가 사라진 해방, 사람 위에 사람 없는 평등, 노동자와 농민이 주인 되는 세상.

한때 발해의 영토였던 블라디보스토크, 시베리아 횡단철도의 시발역이자 종착역인 그곳에선 안중근 하얼빈으로 떠나는 기차를 탔고, 고려인들 숟가락 하나 챙기지 못한 맨몸으로 화물열차에 짐짝처럼 부려져 중앙아시아 황무지로 강제 추방되었다.

그는 아무르만 신한촌에 낙동강가에 심고 싶었던 나무 다시 심었다. 레닌의 붉은 깃발 그의 혁명 한 치도 의심하지 않았기에 자치주의 기치 높이 내걸었다. 두만강을 건너온 나라 잃은 백성들 배고픔 착취 지배가 사라진 새로운 세상 꿈꾸며 그가 심은 나무 그늘 아래 모여들었다.

박성운은 죽어서야 고향으로 돌아갔지만 그는 왜 죽어야 하는지도 모르는 채 아무르만에 나무를 심었다는 이유로, 그가 심은 나무 그늘 밑에 사람들 많이 모여들었다는 죄목으로 처형되었다. 고향에서 추방된 그는 다시 고향으로 돌아갈 수 없었지만 연해주 역시 그의 고향은 아니었다.

5월의 레퀴엠

미명이 채 밝기도 전에 그는 경계를 넘어갔다. 탱크 앞세운 계엄군 총구 앞에 맨몸으로 마주서서 한 치 망설임 없이 삶을 거침없이 넘어버렸다. 그의 앞에 놓인 죽음은 공포도 단숨에 초월해버렸다. 그해 5월 광주의 새벽, 레퀴엠은 살아남은 자의 침묵이 아니다, 위장된 용서와 화해가 아니다, 섣부르게 봉합된 상처가 아니다. 무엇으로도 덮을 수 없는 진실, 국민에게 총구를 겨누라고 명령했던 자에 대한 분노와 응징이다. 살아남은 자의 속죄는 부끄러움을 부끄러워하는 용기이다. 진정한 애도는 슬픈 시간을 추억하는 것이 아니라 손바닥에 피가 나도록 진실 파헤치는 괭이질이다. 살아남은 자가 해야 할 진정한 치유는 독재의 역사 다시는 만들지 않겠다는 굳건한 결의이다. 모란꽃 같은 분노 활화산 같은 적개심 가로질러 5월 새벽 다시 층계를 오르고 또 오르는 순례자의 발걸음이다.

일제강제동원역사관의 사진

　나는 상관하지 않는다. 당신이 어떤 신발을 신었든 어떤 저고리를 입었든 어떤 머리를 했든. 백 년 전, 팔십 년 전 희미한 사진들 망연히 우리를 내려다보고 있는 동안 소년소녀들의 젊음과 생명 저당 잡은 제국의 남자 검은 캡 푹 눌러쓰고 뒷골목으로 도망쳐버렸다. 남자에게 원한 것은 단지 진심 어린 사과. 여리디여린 순수 죽순처럼 뻗어가는 청춘 꺾어버린 대가치고는 너무 소박한 한마디 말이었다. 남자가 폐창고에 은신해 있는 동안 비겁은 곰팡이처럼 음험하게 피어오른다. 죽어도 잊을 수 없는 상처, 가물가물 기억 잃어가는 할머니 이제 빗을 집어 들어 머리 손질하지 못한다. 소년소녀들의 꿈 반환되지 않은 채 아물지 않은 역사는 아직 실종 중이다.

외주노동자

아찔한 외줄에 거미처럼 매달려 창문을 닦는 남자. 고층빌딩 창문마다 공포와 분노가 즐비하다. 투명하게 닦고 또 닦아도 미래는 보이지 않는다. 외줄 아래 흔들리는 지상은 어지럼증을 일으키고 세상이 삐딱하게 보이는 것은 아득한 높이 때문일까. 깎아지른 절벽 오르고 또 올라도 그가 붙든 외줄은 동아줄이 아니었다. 두 손 놓아버리자 해방감이 온몸을 스캔한다. 터져 나오는 절규 날려 보내며 그는 스파이더맨으로 변신하지 않는다. 자유를 직감한 순간 고통은 해방되었다.

노숙자

    칠 벗겨지고 칸까지 질러진 벤치에 앉아 있다. 악취 풀풀 풍겨가며 집시처럼 옷 덕지덕지 껴입고 소주 병째로 들이킨다. 알딸딸한 취기에도 결코 만만해 보이지 않는, 등 붙이고 누울 곳 하나 없는 높고 견고한 성벽.

    열사의 사막을 건너는 늙은 낙타에겐 물로 바꿀 기름 한 방울 남지 않았다. 저주처럼 쏟아지는 태양빛 아래 모래바람만 눈앞을 가릴 뿐 오아시스는 보이지 않는다. 타박타박 지친 발걸음 내딛을수록 신의 음성 멀어지고 고통은 (중독처럼) 언제나 익숙하다. 입술 부르트고 갈증으로 타들어가는 희망은 모래 언덕 너머로 점점 더 멀리 달아난다.

안개를 위한 애도

　그리움을 탐욕스럽게 베어 먹던 사과는 빌딩 숲 사이에서 숨바꼭질을 한다. 나무와 들녘은 저 멀리 물러나 버리고 다가서는 것은 운무 걸치고 서서 산이 되어버린 빌딩. 모든 존재 무화시킬 듯 건물 휘감던 안개 덮칠 듯한 기세로 맹렬하다. 찍었다가 금방 지워지는 사진들처럼 병원에선 태어나지도 못한 생명들 덧없이 지워지고 있다. 쓰레기통에 버려져 폐기물이 되어가는 네가 베어 먹던 사과 너의 심장 아니 형체 없는 너의 영혼. 양 무릎 사이에 얼굴 파묻고 누구를 향한 애도인지 눈물 흘리고 있는 자는 누구인가. 해운대 마린시티 우뚝 선 아이파크 제니스 트럼프월드 수많은 이름들 안개 속에서 비웃음 날리지만 네게 붙여진 이름 따윈 어디에도 없다. 너를 부를 어느 한 사람 이 세상에 존재하지 않는다. 애당초 네겐 이름 같은 것이 지어지지도 않았다.

코로나 블루

한순간 두 발이 땅으로부터 떨어진다. 어디론가 날아가기 시작한 영혼은 허공으로 둥둥 떠오르며 자신의 죽음을 목격한다. 세상은 극도의 무책임성으로 걷잡을 수도 없이 미쳐가고 축제의 한마당인 듯 바이러스는 저혼자 트로트를 읊조리며 어깨춤을 춘다.

창밖에선 거대한 공룡 기염을 내뿜으며 세상을 집어삼킨다. 남겨진 건 빌딩의 흐릿한 불빛뿐 몽롱한 풍경들 속에서 너는 무슨 음모를 하고 있을까. 그 음모가 너무 궁금하여 질식할 것 같은 시간, 도대체 너는 무엇을 숨겨놓고 나를 의심의 도가니로 밀어 넣는 것일까. 사라진 풍경 너머 쉼 없이 속삭이는 불길한 네 목소리, 불온한 환영이 나를 휘감는다.

믿을 수 없는 것을 믿고 싶고, 믿어야 할 것을 믿지 않는 회의주의자처럼 갓 피어난 아카시나무 꽃 빗속으로 향기 잃어버린다. 자동차는 비에 흠뻑 젖어 어디로 가야 할지 방향을 잃어버렸다. 찬란한 슬픔이란 역설조차 허용할 수 없는 우울이 바이러스처럼 퍼져 나간다.

2020년 봄날

SF영화 속에서 검은 마스크를 쓴 사람들 쫓기듯 걸어 나온다. 밤낮없이 붐비던 차로는 텅 비어 있다. 이름도 알 수 없는 야생동물처럼 미지의 공포가 제멋대로 질주하는 동안 맨드라미꽃 같은 코로나 바이러스 불안을 쑤석거린다.

공원에 봄꽃 속절없이 피어나는 동안 날개 퍼덕이는 새 한 마리 날지 않고 불온한 바람이 뺨을 스쳐가도 나뭇잎들 숨죽인 채 꼼짝도 하지 않는다.

숙주로부터 영양을 빨아들이다 마침내 숙주를 죽이고 자신도 죽고 마는 저주받은 죽음의 사이클 방아쇠를 당긴다. 오직 인간의 탐욕을 위하여 죽어간 생명들의 경고일까.

인간에겐 치명적인 재앙이 자연에겐 축복을 가져온 아이러니. 베네치아 수로에 물고기가 돌아오고, 해안 가에선 거북이가 태몽을 꾸고 있다. 히말라야 산봉우린 행복하게 웃고 있다.

죽음의 배후에서 솟아나는 생명의 위대한 역설, 생명의 물방울 온 천지 축복처럼 감싸고…. 오늘 아침 하늘은 미세먼지 하나 없이 높고 푸르다.

모래시계

톡톡 튀는 술자리가 끝나갈 무렵 엄습하는 공허는 늘어난 빈 술병만큼이나 자아를 압도한다. 잠시의 행복을 찾아 술잔을 기울여보아도 공허는 채워지지 않아. 밤늦게 돌아가는 발걸음 비틀비틀 결코 술에 취해 흔들리는 것이 아니다. 메마른 표정으로 나를 지긋이 바라보는 우울. 우울해서 행복하지 않은 것이 아니라 행복하지 않아 우울한 것이라면, 사랑하지 않아 고독한 것이 아니라 고독해서 사랑을 갈구하는 것이라면 내가 찾아야 할 것은 무엇일까. 미래는 아직 도달하지 못한 시간이고, 현재는 늘 손에 쥐지 못한 시간이고, 과거는 이미 흘러가버린 시간이라면 모든 것은 바니타스*, 모래시계의 작은 구멍으로 흘러내리는, 위아래로 자리를 바꿔가며 우울과 행복이 반복되는 것이 인생이다. 나는 지금 갈지자로 흔들리며 우울과 행복을, 고독과 사랑을 저울질한다. 모든 것은 바니타스!

* 바니타스(vanitas)는 '헛되다' '허무하다' 라는 뜻의 라틴어.

저녁 한때 그리움

네 목소리에서 하루해가 저물고 있다. 떨림의 건너편을 가늠할 수 없는 나는 불안의 심연을 허우적거린다. 짐작할 수 없는 그리움 방 안에 스며드는 동안 새들은 제자리를 찾아 깃을 접는다. 손가락에선 묵주 알 같은 걱정들 헤아리고 성당의 종소리 둔탁하게 흩어진다. 마침내 날은 저물었다. 네 목소리의 떨림에 귀를 닫고 시선은 텔레비전 화면에 붙들려 있다. 한미정상회담 풍계리 핵실험장 폐기 드루킹 지방선거 수많은 활자와 영상들이 휙휙 스쳐간다. 저녁에서 밤으로 그리고 새벽에서 아침으로 시간들이 지나가지만 너와 나는 아직 여행을 시작하지도 않았다.

팔십 층 매미

주상복합아파트 방충망에 악착같이 달라붙어 그악스럽게 울어대는 매미. 팔십 층을 기어올라 칠 년을 기다린 한이라도 풀어보려는 것일까. 수목의 즙 빨아 먹으며 땅 위도 아니고 땅속 어둠 속에 집을 짓고 긴 세월 인고하고 기다리며 환한 세상 꿈꿔왔는데, 무슨 개 같은 인생이 고작 일 주일 이 주일을 목이 터져라 울어도 그의 앞에 놓인 생이 죽음뿐이라니. 옆에서 대포를 쏘아대도 아랑곳없이 떼 창 질러대는 수컷들의 단말마. 팔십 층으로 올라가면 생을 연장할까 싶어 아찔한 높이 목숨 걸고 기어올랐지만 죽음과 삶의 불가해한 거리 건너뛸 수 없어.

매미 노래하다

　그를 처음 만난 날, 날지도 못하는 애벌레로 칠 년을 어둠 속에 숨어서 기다리던 그의 손목시계 비로소 돌아가기 시작했다. 장대비가 쏟아지다 그친 여름날 오후, 그 긴 세월을 동굴 속에서 웅크리고도 해탈의 꿈 버리지 않았다는, 갈색 도포를 입고 흰 수염을 기르고 찾아온 그를 만났다. 지긋지긋한 여름이 끝나가고 있었지만 한 치 앞의 생이 죽음이라는 걸 모르는 채 그는 남도창을 흥겹게 불러댔다. "아라리요구나 헤― 내 정(情)은 청산이요 임의 정은 녹수(綠水)로구나. 녹수야 흐르건만 청산이야 변할쏘냐. 아마도 녹수가 청산을 못 잊어 휘휘 감돌아 들구나. 헤―." 육자배기 한마당을 진양조 장단으로 유장하게유장하게. 여름 지나 가을 겨울 봄 다시 여름이 오기까지 그 긴 칠 년을 지치지도 않았는지 짧은 한생을 제멋에 취해 치열하게치열하게.

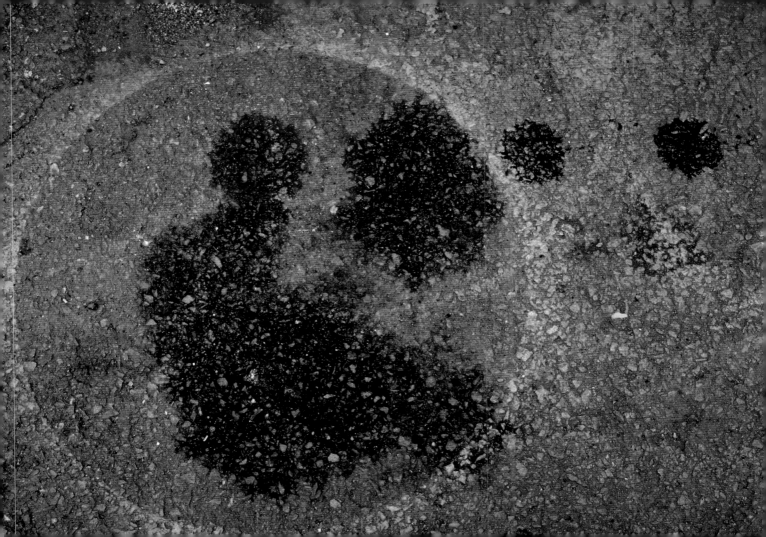

유기견

그들이 때로 주택가에 출몰하여 으르렁거리는 것은 사랑이라 착각했던 기억들이 너무 아프기 때문이다. 사랑한다 사랑한다 쓰다듬던 손길 아직 잊지 못했는데, 소풍인 줄 알고 신이 나서 꼬리 흔들며 따라갔는데…. 설마 그럴 리가 없다고 길을 잃어버린 것이라고 믿지 않으면서 발굽 다 닳고 피가 철철 흐르도록 낯설고 먼 길 돌고 돌아 집을 찾아왔는데….

반갑다고 눈물 흘리며 달려드는 그들을 발로 뻥 차며 대문 쾅 닫아버리는 데 놀라 주위를 서성거리다가 어깨 축 늘어뜨리고 힘없이 돌아선다. 돌아갈 집이 없는 그들은 원래 살던 들로 산으로 돌아가서 굶주리고 폭신한 잠자리 없어도 야성 회복한다.

그들이 회복한 것이 어찌 야성뿐이었을까. 그동안 자유 저당 잡힌 대가로 비굴한 웃음 웃고, 먹이 구걸하고, 길들여져왔음을 뒤늦게 깨닫는다. 불평등한 사랑은 사랑이 아니라 굴종이라는 아픈 이치를 마침내 깨우친다.

팽목항

항구는 너를 품고 있다
정박한 배들 사이에서 갈매기는
숨바꼭질 반복하다 허공으로 날아오른다
그림자는 파랗게 젖어 있다

밤새 파도는 뱃전에서 흐느끼며
돌아갈 수 없는 집 소식을 묻는다
너는 한숨도 잠들지 못했다

생떼 같은 목숨들 갑자기 사라져
유언비어 비수 되어 찌르는데

건망증은 차라리 축복이다

해를 삼키다가 달을 토하다가
수평선을 넘어서는 하얀 나비 떼
피어보지도 못한 채 수장당한 너의 꿈
무엇이 되어 환생할까.

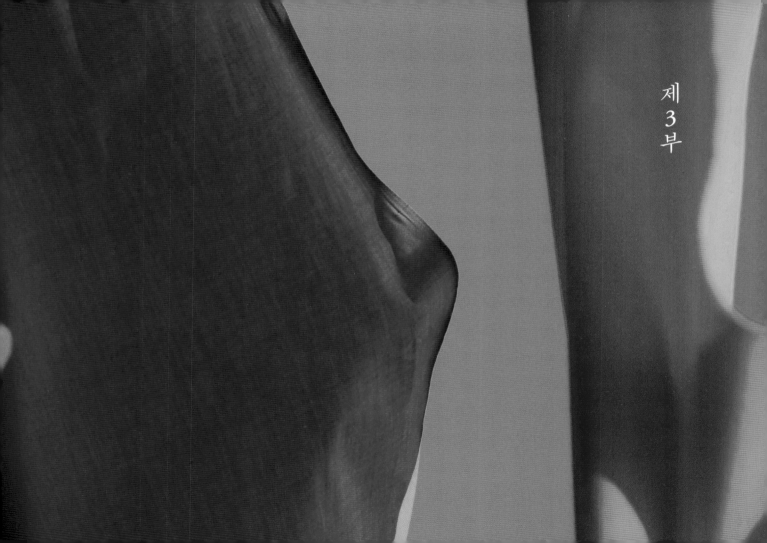

제
3
부

걷는 남자

안개는 점령군이 되어 도시를 점거했다. 사람들이 사라진 거리에 가로등 점멸하는 동안 빗장 질러 잠그는 작은 발자국 소리에도 긴장은 증폭된다. 자코메티는 누구를 향해 구원의 손을 내밀고 있을까. 동굴에서 걸어 나온 미라처럼 육탈한 남자는 간결하고 고독하다. 작은 머리에 커다란 발 가늘디가는 앙상한 뼈대 금방이라도 부서질 것만 같은 청동의 남자는 차라리 연약하다. 안개 벽 속으로 그가 걸어 들어간 후 나는 단독자로 망연히 서 있다. 그가 퍼트리고 간 고독과 우울은 장마철 습기처럼 온몸을 칭칭 휘감는다.

가리키는 남자

　마른 잎도 거부하는 겨울 나목은 남자의 벌거벗은 외면이 아니라 그의 내면이다. 인간 존재의 나약과 고독을 자코메티는 어찌 저토록 처절하게 빚어냈을까. 헐벗은 남자의 몸은 절망 응축시킨 고행주의자의 고통의 결정인가. 함몰한 눈동자는 해탈한 자의 자유인가 절망의 심연인가. 그의 왼손이 안아 든 것은 고통일까 환희일까. 그의 오른손이 가리키고 있는 방향은 피안일까 그 너머 또 다른 세상일까. 폭풍 휘몰아치는 벌판에 홀로 선 그는 갈 길을 잃었는지, 갈 길 잃은 자들에게 갈 곳 가리키는 선지자가 되었는지. 그의 시선 향하는 방향 알 수 없어 나는 오늘도 그의 앞에서 질문을 벗지 못한다.

실종

　얼굴들이 사라진다, 르네 마그리트*의 인물화에는. 얼굴에 눈 코 입 대신 사과 비둘기 파이프가 그려지고 때로 보자기를 뒤집어쓰고 후면의 모습을 하고 있다. 우울증을 앓았던 그의 어머니는 한밤중에 샹르브강으로 걸어 들어간 뒤 흰색 잠옷으로 얼굴 뒤덮은 채 떠올랐다. 그때부터 그가 발 딛고 선 지상은 실종되었다. 빗방울이 되어 하늘에서 뚝뚝 떨어져 내리거나 구름 위를 걷고 있는 중산모를 쓴 남자들이 살고 있는 집은 구름을 배경으로 공중에 붕 떠 있는 거대한 운석 위의 성곽. 연인들은 보자기를 뒤집어쓴 채 키스를 나누고 푸른 사과 위에 식탁을 차려놓고 흰 구름이 흘러넘치는 와인 잔을 들이킨다. 발가락이 드러난 부츠 벗어놓은 채 그는 대체 어디로 외출했을까.

---

* 르네 마그리트(René Magritte)는 벨기에의 초현실주의 화가이다. 그는 서로 상관없는 물체를 같은 공간에 그리는 데페이즈망 기법을 사용해 많은 신비로운 작품을 남겼다.

인간의 조건

바다를 향해 작은 테이블이 놓여 있다. (아니 의자인가.) 캔버스는 (창)문이 활짝 열려진 방 안 풍경을 담고 있다. 캔버스 속의 캔버스에는 (창)문 너머 또 하나의 너머가 펼쳐진다. 백사장엔 하얀 깃대, 파도 소리마저 잠잠한 평화로운 하늘. 르네 마그리트는 풍경 속의 풍경에다 왜 〈인간의 조건〉이란 제목을 붙였을까. 제목을 본 바로 그 순간부터 나의 호기심은 바이러스처럼 무한 증식한다. (창)문이라 생각했던 것 자세히 바라보니 커다란 열쇠 구멍. (창)문 오른쪽 상단 벽에 꽂아놓은 것은 문을 여는 열쇠. 문턱 앞엔 검은 공 하나가 건들면 금방이라도 경계를 넘어갈 듯 놓여 있다. 속을 알 수 없는 검은 공처럼 지금 비록 안에 있을지라도 언제든 밖으로 나가 백사장 깃대에다 어떤 깃발 내걸지 알 수 없는 것이 인간이다. 한곳에 머물지 못하는 너와 나는 끊임없이 안과 밖을 저울질한다. 안에서는 밖을, 밖에서는 안을.

에곤 실레

부패해가는 시체의 얼굴을 한 남자와 여자는 죽어가면서도 성을 나눈다. 남자와 여자의 표정은 성의 환희 대신 단말마의 공포에 지배되어 있다. 에곤 실레*의 자화상 속 남자들은 고개를 비틀거나 음경을 드러내어도 육탈한 미라인 듯 육감이 사라졌다. 가슴과 복부와 음모까지 고스란히 드러낸 채 누워 있는 누드의 여자, 성교의 포즈 취하며 옆으로 드러눕고 엉덩이를 든 채 엎드린 여자들의 뒤틀린 그로테스크. 〈가을〉이란 그림 속의 유방 같은 산봉우리 위로 앙상하게 뻗어 있는 두 그루의 나무는 지지대로 버틴 채 겨우 서 있다. 원경의 희미한 산맥 위로 부챗살 같은 햇살 퍼져 나와도 나무에게 생명 불어넣지 못해. 그는 힘겹게 버티고 선 나무처럼 늘 위태로웠다. 아내라는 버팀목이 사라지자 그의 생은 한순간에 죽음의 나락으로 굴러떨어졌다. 성은 그의 생명을 지탱해준, 죽음을 막아준 유일한 방패였다.

* 에곤 실레(Egon Schiele)는 오스트리아의 표현주의 화가이다. 그는 죽음에 대한 공포와 내밀한 관능적 욕망, 인간의 실존을 둘러싼 고통스러운 투쟁에 관심을 기울이며, 의심과 불안에 싸인 인간의 육체를 왜곡되고 뒤틀린 형태로 거칠게 묘사했다.

게르니카*

   폭격은 오후 내내 계속되었다. 도시는 불바다가 되어 타오르고 거리마다 시체들 즐비하다. 치밀한 계획으로 도시를 폭격하고도 사실을 부인한 공산주의자, 잔혹한 학살의 흔적, 시체들 모두 소각해버렸다. 핏빛 대신 흑색과 회색이 뒤덮인 죽음의 공간. 상처 입고 울부짖는 말, 찢어진 깃발과 부러진 칼들이 무질서하게 화면을 압도하고 간절히 도움 구하는 남녀….

   하지만 신은 응답하지 않았다.

   액자 밖으로 인물들 처절하게 걸어 나온다. 버려진 군화 휘어진 철근 아래 버려진 갓난애, 내팽개쳐진 두개골, 버려진 시체 더미들, 순식간에 불타버린 시가지 건물들, 찢어진 깃발 위로 파시스트의 승전고 잔인하게 울려 퍼진다. 죽은 아들을 안고 절규하는 어머니, 피 흘리며 울부짖는 단말마의 아우성, 공포에 질린 황소의 커다란 눈동자…. 스크래치를 낸 생사의 균열이 캔버스를 압도한다.

   고통으로 이지러진 절규절규, 널브러진 죽음죽음, 무질서의 극한을 질주하는 오브제, 색깔조차 억압된 분노가 캔버스를 찢고 나온다. 잔혹한 폭력 아래 깔려버린 인간의 무력함, 인간에 대한 예의는 마침내 실종되었다.

---

  * 파블로 피카소의 〈게르니카〉는 스페인 내전이 한창 벌어지던 1937년 4월 26일, 나치가 게르니카를 폭격한 사건을 담은 그림이다. 1936년 시작된 스페인 내전은 좌파 인민전선을 소비에트 연방이, 우파 프랑코파를 나치와 이탈리아가 지원하는 양상으로 전개된 것으로, 1939년 프랑코파의 승리로 종전될 때까지 스페인 전 지역을 황폐하게 만들었다.

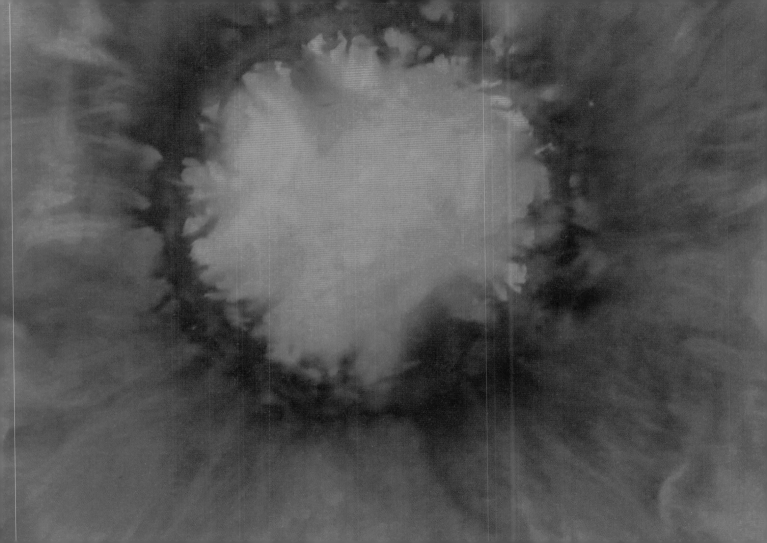

뭉크의 절규

    남자는 양손을 얼굴에 대고 비명 내지른다. 불타는 적란운 어머니의 각혈인 듯 핏방울 뚝뚝 떨어뜨리는 공포 증폭하고, 커브 심한 검푸른 해안선이 홀린 듯 빨려 들어갔다. 입조차 다물 수 없는 불안이 홀로그램처럼 그를 휘감는다. 발걸음도 뗄 수 없는 난간이 되어버린 그의 얼굴 해골같이 질려 있다. 천지를 가로지르는 존재의 감옥. 금방이라도 무너져 내릴 듯한 다리, 남자는 끝없이 휘청거린다.

젊은 남자와 죽음의 여신

생명과 짝패를 이루는 불가사의한 암호는 친구의 죽음을 끝없이 애도한다. 귀스타브 모로*는 친구였던 화가 테오도르 샤세리오가 젊은 나이로 죽자 고통과 절망의 나락으로 굴러떨어진다.

그림 속 남자는 세월이 흘러도 언제나 서른일곱 살 청년의 모습으로 저장되었다. 머리엔 아폴론의 월계관을 쓰고 한 손엔 꽃을 들고 있는 나신의 젊은 남자. 그는 왜 하필 꽃밭을 거닐다 지하의 하데스에게 끌려갔던 페르세포네의 수선화를 들고 있을까.

그의 뒤엔 생사의 운명을 관장하는 파르카 여신이 유령 같은 형상으로 비스듬히 버티고 있다. 죽음을 방어할 옷 하나 걸치지 못한 채 무방비로 서 있는 찬란한 젊음의 배후에서 검을 든 죽음의 여신은 다른 한 손엔 모래시계를 들고 생명과 죽음을, 지상과 지하를, 에로스와 타나토스를 저울질한다.

* 귀스타브 모로(Gustave Moreau)는 프랑스의 상징주의 화가(1826~1898)로서 〈젊은 남자와 죽음의 여신〉를 그렸다. 그는 개념적인 사상을 표현하고, 인간의 삶에서의 양극단적인 문제를 탐구하였다.

위양지* 멜랑콜리아

이팝나무 꽃잎 사이로 떠내려가고 있다
노란 꽃창포 수초들에 둘러싸여
오필리아, 몽환적 죽음을 완성한다.

열릴 듯 말 듯 치명적인 입술
원망도 사랑도 내뱉지 못하고 끝내 미쳐버렸다.

낯선 죽음 대신 넘실거리는
물결에 몸 내맡긴 채
절정의 경계 넘나들며
멜랑콜리 속으로 그녀는 흘러간다.

* 경남 밀양시 부북면 위양리 293, 294번지에 위치한 위양지는 통일신라 시대에서 고려 시대 사이에 축조된 연못으로, 봄에 꽃잎이 새
  하얀 이팝나무를 볼 수 있는 아름다운 곳이다.

루빈의 꽃병

    꽃병은 전경도 배경도 될 수 있다. 꽃병을 사이에 두고 그와 그녀는 서로 마주본다. 두 얼굴의 실루엣 배경인지 전경인지 알 수 없다. 꽃병과 얼굴을 동시에 왔다 갔다 하던 나의 시선 지금 여기에서 폭발한다. 꽃병을 사이에 둔 그녀와 그는 클림트의 연인들처럼 키스를 나누지 못한다. 사랑하는 사람과 일체가 되는 찰나 꽃병은 깨어진다. 두 연인에게 영원으로 기억될 한순간에 달콤한 키스는 영원으로 사라진다.

뒤샹의 샘

    소변기는 그가 선택한 순간 샘이 된다. 단지 그가 선택하였다는 이유만으로 사람들은 더 이상 소변을 눌 수 없다. 화장실 벗어난 소변기 미술관의 샘이 된다. "이것은 소변기가 아니라 샘입니다." 마침내 이름은 정체성을 규정한다. 샘이 되어버린 소변기에서 사람들은 퐁퐁 솟아나는 폭력의 물소리를 들어야만 한다.

나의 하느님

의심 많은 나의 하느님, 당신은
푸른 말갈기 휘날리며 달려오는
나의 애마다

커튼 둘러치고 남자는 수줍게
옷을 벗는다

프로펠러는 급전직하 숨을 거두고
동백꽃잎 선홍빛으로 뚝뚝 지고
바다는 길게 드러누워 신음 소리를 내지른다

올라갔다 내려갔다 남자는
등을 보이며
바다 한가운데로 걸어 들어간다

지금 나의 애마는 마구간에서
천년의 꿈속을 자맥질한다.

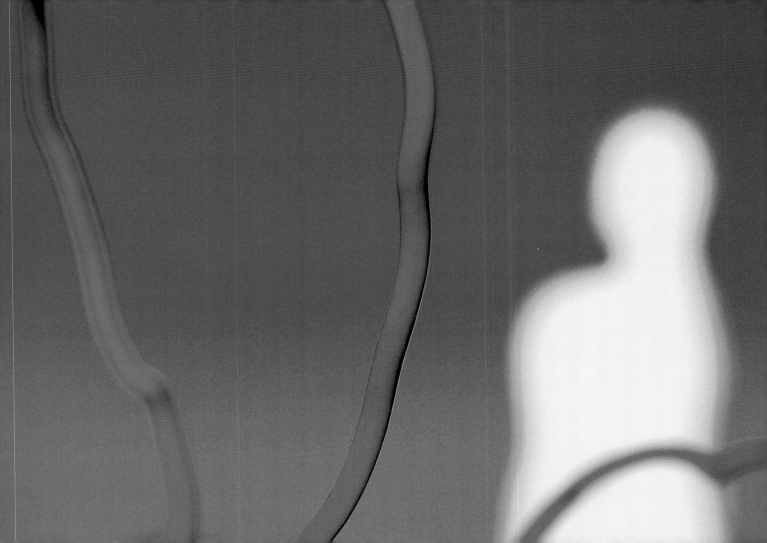

철쭉꽃과 거울

노인은 암소를 잡았던 손을 놓고
천 길 절벽을 기어오른다
목숨 걸고 위태롭게 기어오른다
그가 꺾은 것은 절벽 위에 핀 한 송이 철쭉꽃이지만
그가 꺾고자 한 것은 철쭉꽃 한 송이가 아니다
그가 오른 곳은 가파른 낭떠러지 끝이 아니다
그가 취한 것은 철쭉꽃 향기가 아니다
나이를 먹어도 시들지 않는
목숨 걸고 어린 소녀를 욕망하는 한 남자의 리비도다.

노 시인 이적요* 천 길 벼랑을 기어 내려간다

그 끝에서 그가 주워 올린 건

아슬아슬한 사랑이 아니라

그를 비추는 거울이다

그가 손거울 속에서 마주친 건

되돌아갈 수 없는 젊음

거스를 수 없는 시간

"동굴보다 어둡고 시든 풀보다 무력한 욕망이다"**

트라이앵글에 갇힌 타자의 욕망이다.

길이 있다고 다 갈 수 있는 게 아니라는

번개 같은 깨우침이다

손에 닿을 수 없는

열일곱의 순수

아무리 안타깝게 바라보아도

결코 가져서는 안 되는

미안한 사랑이다.

빼앗아 소유하고픈 욕망이 아니라

관능과 욕망을 자유롭게 만드는 영원한 사랑이다.

* 2010년에 발표한 박범신의 장편소설 『은교』의 남자주인공의 이름.
** "그의 욕망은 동굴보다 어둡고 시든 풀보다 무력했다."는 『은교』의 103면 인용임.

제
4
부

카프카를 읽는 아침

어떤 남자는 모든 걸 내려놓겠다며 산으로 들어갔다. 그가 내려놓고 싶은 건 대체 무엇일까. 또 어떤 남자는 내려놓는 데에도 연습이 필요하다고 말했다. 그가 내려놓아야 하는 것은 또 무엇일까. 나이 먹어 직장에서 밀려나고 빈털터리가 된 나는 내려놓을 것이 더 이상 없어 그들이 대체 무엇을 내려놓아야 하는지 무엇을 어떻게 연습해야 하는지 알지 못해 고개 갸웃거린다.

오늘 아침 하릴없이 일찍 잠에서 깬 나는 그들이 아직도 가지고 있는 것이 너무 많은 사람들이라는 것을, 아니 아직도 가지고 싶은 것이 많은 사람들이라는 것을 깨닫는다. 내려놓아야 할 것이 많은 사람들과 내려놓아야 할 것이 아무것도 남아 있지 않은 사람들에 대해 생각하다 내려놓을 것이 하나도 남지 않은 나는 오늘 아침 카프카의 「변신」을 읽는다.

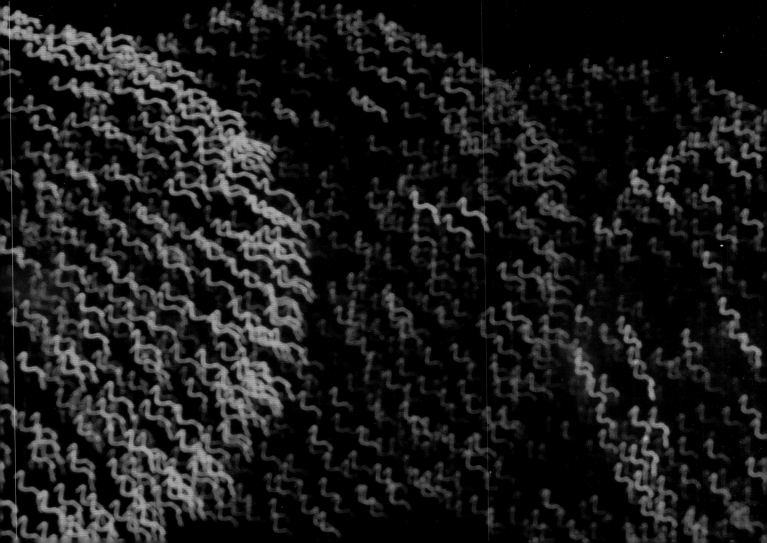

퇴행성

　퇴직 선물처럼 찾아온 퇴행성 관절염. 어떻게 해야 낫느냐는 질문에 의사는 난감한 표정이다. 퇴행성은 낫는 병이 아닙니다. 한번 닳은 연골은 절대 재생되거나 복원되지 않습니다. 선고를 내리는 재판관처럼 그는 무표정하다. 낫는 병이 아니라는 말이 하도 기가 막혀 웃음이 툭 터져 나온다. 마침내 불가역적인 몸이 되고 말았구나. 노화라는 고칠 수 없는 질병 속으로 내던져진 나는 퇴행성 질환들에 퇴로(退路)를 차단당한다. 생로병사의 회로를 빠져나올 수 없어 백기 들고 퇴각하는 병사처럼 나는 발목 절뚝이는 서쪽 하늘을 멍하니 바라본다.

부고

철 지난 선풍기를 닦다가 이십 몇 년을 같이 근무하다 먼저 퇴직한 선배 교수의 부고를 받았다. 그녀는 퇴임 후 이것저것 질병들에 시달리다가 끝내는 요양병원에서 세상을 떠났다. 나는 닦은 선풍기를 창고에 갈무리하듯 그녀를 갈무리하였지만 내년 여름이 되어도 다시 선풍기를 꺼내듯 그녀를 볼 수 없다는 사실에 온몸의 힘이 쑥 빠져나갔다. 도축대 위에 머리 얹어놓은 황소처럼 무력한 것이 죽음이다. 은행잎 하나둘 노랗게 물들어가는 저녁 무렵, 그녀가 젊은 얼굴로 환하게 웃고 있는 장례식장에서 그녀를 꼭 빼닮은 딸들과 그녀를 추억하다가 이내 가슴이 먹먹해졌다.

역방향

가까이에서 보이지 않던 것
멀리서 더 잘 보인다
어제 보았던 것
오늘 보니 더 잘 보인다
순방향의 기차를 타고
미래를 향해 달려가던 나
역방향에 앉아
돌아갈 수 없는 과거 획획 날려버리며
종착역을 향해 달리고 있다
역방향에 앉은 나는
기차가 달려가는 방향을 보지 못한다.

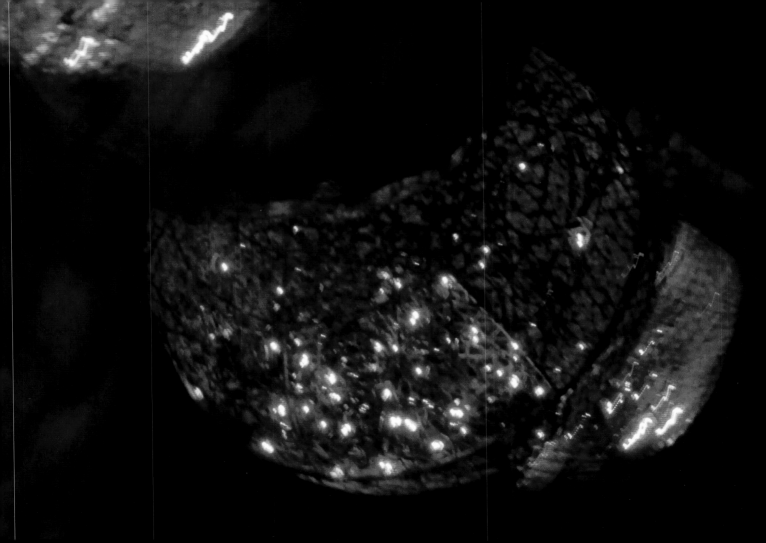

사자의 서

　죽은 사람이 살아나고, 살아난 사람은 분화한다. 홍길동의 분신술이 아니다. 살아 있는 사람이 갑자기 죽고 또 태어난다. 예수의 부활이 아니다. 인과도 모순도 없는 세계에서 원인과 결과를 따지지 마라. 너의 죽음에는 아무런 원인이 없다. 너는 사고를 당하지도 병에 걸리지도 않았다. 가을이 가고 겨울이 오는 데 아무런 이유 없듯 꽃이 피었다 지는 데 아무 이유 없듯 너도 이 세상에 왔으니 이 세상을 떠난 것이다. 태어났으니 죽는다는 것을 인정하지 않는 것은 오직 너뿐. 그러니 분노도 원망도 하지 마라. 하루빨리 네가 죽었다는 것을 깨닫고 이승에 대한 미련을 버려라. 49일 동안 목탁 치고 기도하며 비는 것은 네가 죽었다는 사실 인정하라는, 네가 더 이상 이 세상에 대한 미련 버리라는, 좋은 곳에 다시 태어나라는, 아니 다시는 생명 가진 존재로 절대 태어나지 말라는 열반의 기원이다. 살아 있는 동안에도 너는 죽은 것이며, 죽어가는 동안에도 너는 살아 있는 것이다. 살아 있음과 죽음이 다르지 않다.

수선화

그녀는 가고 꽃은 피었다

조곤조곤 봄을 타전하며
노란 꽃잎 그녀의 미소처럼 환하게 피어오른다

죽은 듯 땅속에서 잠자던 꽃대들
기적처럼 솟아나 오락가락 추억을 불러내지만

지난봄 수선화를 주고 떠난 그녀
나의 손길 닿을 수 없는 곳에서 하얀 손수건을 흔든다

유리창 너머 세상은 코로나 19 광풍 휩쓸고
마스크를 쓴 사람들 완강히 가로막아도
봄은 저만치서 둥둥 떠오른다.

겨울초 겉절이

겉절이를 만든다
최근 만난 그가 밭에서 캐준 겨울초로

잘 숙성된 김장김치 대신
새콤하고 고소한 겉절이로 손이 자꾸 가는 동안

김장김치 같은 사람과 겉절이 같은 사람에 대해 생각한다
오래된 익숙함과 설레는 새로움을 저울질하며

커튼 뒤 미완성의 플롯이
예측하지 못한 길로 접어드는

정해진 경로를 벗어난 발걸음
끊임없이 새로운 길을 찾아 숲속을 헤맨다.

장마철

오늘도 날이 흐리다
어깨 축 늘어뜨린 나무들 온몸으로 흐느낀다
열어젖힌 창으론 습기가 몰려오고
물렁거리는 공기 속에
갇힌 물고기들 흐느적거린다
높이와 넓이를 짐작할 수 없는 회색빛
사방을 짓누르고 옥조이는 동안
도망치기에도 지쳐버린 은신자처럼
구겨진 빨래처럼
멍 때리며 앉아 있다
유배를 떠나는 태양이

희망마저 데리고 가버렸는지
발바닥에선 무좀이 번져 나가고
뒤척이는 밤이 이어진다
자고 일어나도 또 비가 내릴 것이라는 뉴스
기상캐스터의 의상만 홀로 화려하다.

길

마음이 슬플 때면 무작정 길을 걷는다. 에스키모처럼 오늘 나는 집을 나와 길을 걷는다. 떼어놓는 발걸음마다 한 가지의 근심이 사라지고 한 가지의 슬픔이 엷어지고 한 가지의 욕망으로부터 놓여나길 바라면서 길을 걷는다. 세상의 소음이 멀어지고, 왜 집을 나와 걷는지조차 잊어버릴 때까지 걷고 또 걷는다. 되돌아설 지점 찾을 때까지 길은 언제나 가슴 내어주며 걱정하지 마라 슬퍼하지 마라 울지 마라 나를 다독인다.

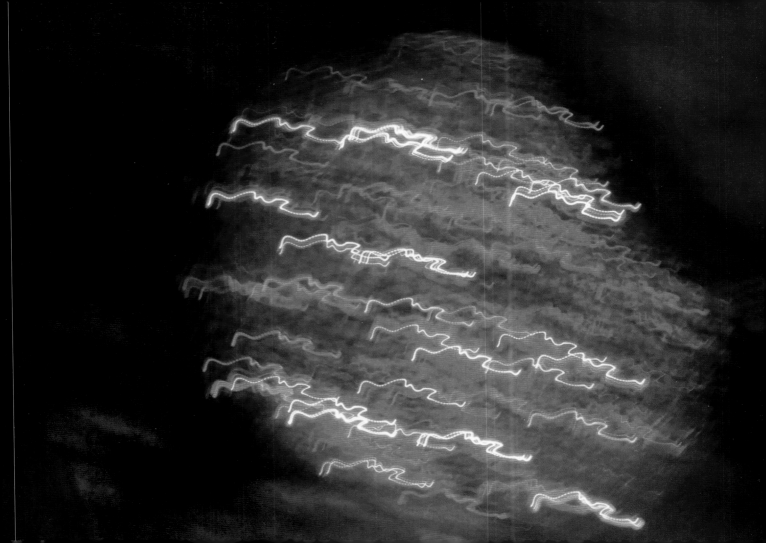

대나무 숲을 바라보며

아버지가 심어놓은 대나무 숲에는 낮이고 밤이고 새들이 모여든다. 아침 일찍 깨어난 새들 한바탕 지저귀다 날아가면 먹이 찾는 다른 새들 날아들어 숲은 활기를 띠기 시작한다. 낮에 먹이 찾아 모여들던 새들 떠나가면 깃을 접고 몸을 뉘일 새들 어둠 속으로 찾아든다. 아버지가 떠나가신 다음에도 아버지가 심어놓은 대나무 숲에는 밤낮으로 새가 모여든다. 나는 아버지가 찾아온 대나무 숲에 살랑대는 바람 소릴 듣는다. 대나무 숲에 반짝이는 햇살 아련하게 바라본다. 그리움을 변주하는 새소리 바람 소리 햇빛햇빛…….

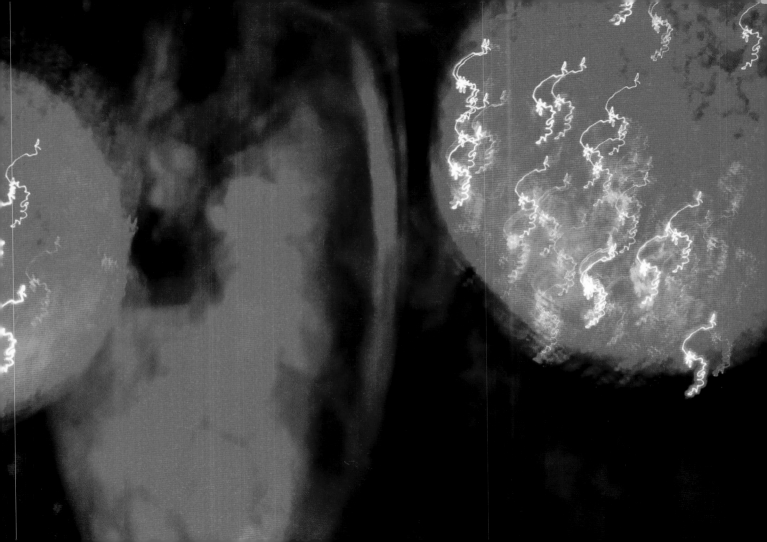

장맛비

창밖은 온통 장맛비에 잠겨 있다. 천지가 비에 잠겨 앞이 보이지 않는다. 우리도 앞이 보이지 않을 때가 있다. 길을 찾지 못하고 미로 속에 갇히는 순간이 있다. 그럴 때는 길을 찾기 위해 애쓰지 마라. 그냥 기다리면 비 그치고 길이 선명하게 보이는 순간이 온다. 사람들은 언제든 비 그치고 해가 떠오른다는 것을 잠시 잊고 우왕좌왕 헤매지만 비는 그치고 길은 저절로 찾아진다.

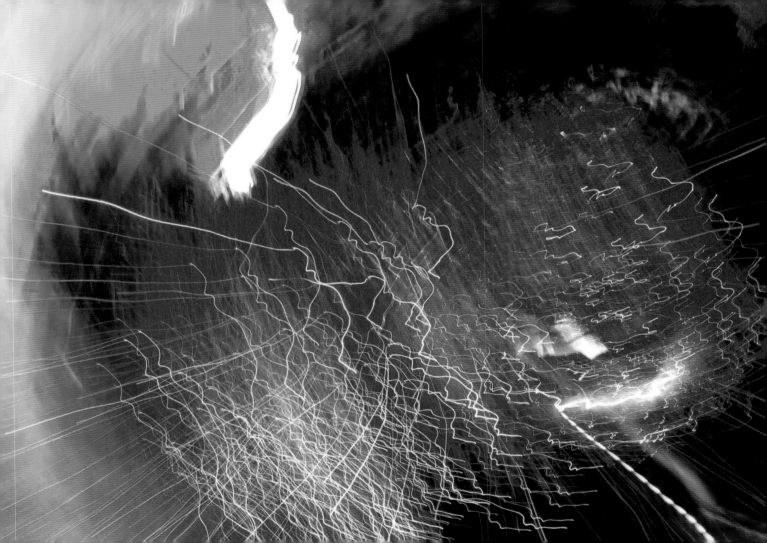

평화

그리운 이름
보고 싶은 얼굴
하나
떠오르지 않는 심심한
바다에 누워
너무 투명해서 영혼까지 씻길 것 같은
가을 햇살에 온몸 내맡기고
물결 이는 대로 바람 부는 대로
그냥 흔들리고 있다.

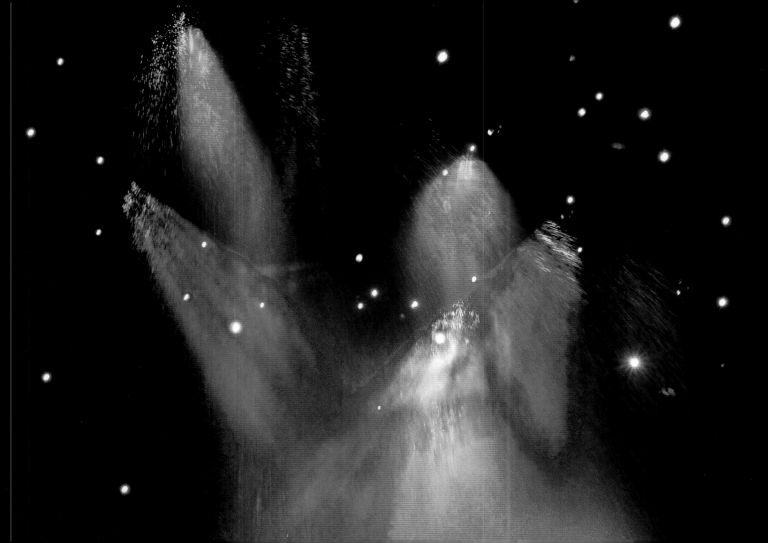

붕어빵에는 붕어가 없다

붕어빵에는 붕어가 없다
황신혜밴드에는 황신혜가 없다
사람 속에도 사람이 없다

눈이 부시도록 황홀한 봄날
눈이 시리도록 고독한 내면과 마주하고
사춘기도 아닌데
삶이 무엇인가 곱씹고 있다

어느 집 담장에선 라일락 꽃
어지럽도록 향기 뿜어대는데

거리에 넘쳐나는 군중

흐르는 행렬 속에

사람들은 잡았던 손 놓고

마음까지 굳게 빗장 채우고

바삐바삐

썰물처럼

분주한 발걸음 어디로 가는 걸까

나는 객석의 관중처럼

먼 거리에서

바라만 보다가

거리에 흘러넘치다가

썰물처럼

빠져나가는 물결 속에도

섞이지 못한 채

텅 빈 극장 객석의 어둠 속에

홀로

침몰하고 있다

제 5 부

실연

    눈물 젖은 달빛은 너에게로 가 닿지 못한다. 달빛에 젖은 눈물 쏟아내며 나는 짝 잃은 승냥이마냥 길을 헤맨다. 이 길의 끝에 가면 혹시 너를 만날 수 있을까. 확신도 없이 가녀린 희망 안고 발목 아프도록 걷고 또 걷는다. 한때는 몹시 다정하기도 했을 추억 되새기는 동안 의문은 끝나지 않고 전염병처럼 떠도는 자책 제 살 파먹으며 죽지도 않고 다시 살아난다. 너를 다시 만날 수 있다면 비굴도 좋다 치욕이라도 괜찮다 주문처럼 되뇌며 발 부르트고 신발 해어져 절뚝거려도 눈물 젖은 달빛 아래 여전히 너는 모습 드러내지 않는다.

뒷모습

　가을이 깊어가는 저녁, 그는 나에게 등을 보이고 떠나갔다. 그의 뒷모습은 타협할 수 없이 완강하다. 저물녘 뒷산의 나무들도 몸짓 잃어버리고 긴 침묵 속으로 빠져든다. 내가 그에게 가졌던, 그가 나에게 가졌던 믿음이 나락으로 굴러떨어진다. 눈앞은 절벽에 가로막힌 듯 막막하다. 까마득한 벼랑 끝에서 떨고 있는 나의 가슴속 끊어질 듯 위태롭다. 브레이크 고장 난 자동차 끝 모를 어둠 속을 광속으로 질주한다. 눈물조차 실종해버린 텅 빈 공간 속으로 나를 놓아버렸다.

말더듬이

나는 제대로 말도 하지 못한다. 언어가 다른 나라에서 지금 막 도착한 이방인처럼 늘 더듬거린다. 내가 네 앞에서(네가 나를 보고 비웃거나 따돌리지 않는데도) 말더듬이가 되는 것은 마음속에 불안이 소용돌이치기 때문이다.

사람과 사람을 이어주는 것은 말뿐이지만 사람과 사람이 만날 때마다 교환되는 것은 말뿐이지만 어쩌면 그것이 전부지만 네 앞에서 발화되지 못하는 것이 어찌 말뿐일까.

너에게 자신 있게 다가가지 못하는, 이해받지 못하는 불행보다 더 큰, 가늠할 수 없는 슬픔으로 나는 오늘도 눈물 흘린다. 너를 향해 켜켜이 쌓인 조바심 어쩌지 못해 오늘도 홀로 너의 담장 밖을 서성거린다.

그리움만 웃자란다

그녀는 완강하게 마음의 빗장 걸어 잠그고 있다. 그녀와의 사이에 깊어진 골, 아득한 거리 건너뛸 수 없어. 시퍼런 강물 무섭게 넘실거리는데, 그녀와 나 사이에 놓인 다리 유실되었다. 아침 햇살처럼 밝고 명랑하던 그녀, 공처럼 튀어 오르던 활력 넘치던 그녀, 솜사탕처럼 달콤하던 그녀 다리 저편에서 이제 나를 쳐다보지도 않는다. 둘 사이에 사랑이라 불렸던 감정 빠르게 탈색되어 흘러갔다.

미움과 증오는 사랑보다 더 강렬하고 통제하기 힘들다. 침묵이 겹겹이 나를 에워싸고, 미움과 증오가 층층이 나를 둘러싸고 노려본다. 가망 없는 사랑의 덫에 걸려든 나는 점점 미로 속을 헤맨다. 모래밭에 뒹구는 소라의 빈껍데기 같은 텅 빈 마음 가망 없는 사랑에 그리움만 웃자란다.

은빛 사랑

　가을날 저녁에 나는 수서역에서 기차를 내린다. 그는 내가 내리는 기차의 차량 앞에서 기다리고 있다. 황혼이 은빛 그리움을 물들이는 시간, 어둠이 훼방을 놓을 때까지 그와 나는 서로의 얼굴을 말없이 바라본다. 이내 밤이 왔고 어둠이 강 속까지 내려앉는다. 수면 위로 달빛 애잔하고 풀벌레 소리 강기슭을 슬금슬금 기어오른다. 그와 나는 적막 속에서 손을 잡고 흘러가는 강물 향해 오랫동안 서 있다. 강 건너 아파트 창문마다 불빛 따스하게 흘러나오는데, 떼 지어 힘차게 물살 가르는 물고기들처럼 시간을 거슬러 집을 짓기엔 우린 세월을 너무 많이 살아왔다. 그와 나는 지나가는 바람 스쳐가도록 내버려두었고, 이글거리던 태양 일몰 속으로 자취 감추는 것 마냥 지켜보았다. 눈물이 두 뺨을 타고 흐르는 사이 강둑에는 잡초 저항하는 몸짓으로 서걱대고, 그와 내가 함께하는 시간은 언제나 너무 짧았다.

어긋난 길

나를 사랑한다는 그
내가 사랑할 수 없는 그
내가 사랑하는 그
나를 사랑할 수 없다는 그
사랑은 내가 너를 네가 나를 향하는 것이지만
나를 사랑한다는 그와 내가 사랑하는 그의 방향 달라
늘 어긋난 길로만 간다
나를 사랑한다는 그를 나는 사랑할 수 없고
내가 사랑하는 그는 나를 사랑할 수 없다니
나는 어디에 가서 누구와 사랑을 하여야 할까.

선

당신이 내게 선 하나를 긋고 떠나간 뒤
지금까지 나는 그 선을 넘을 수가 없습니다
그 선을 넘을 용기가 없어서가 아니라
당신이 그어놓은 선을 넘지 않는 것으로
나는 당신에 대한 그리움을 겨우 틀어막고 있기 때문입니다.

간이역

가을이 깊어 가는 어느 날
나는 기차를 타고
목적지 없는 여행길에 나섰습니다
차창 밖으로
낯선 역들이 여러 개 스쳐간 후
눈길을 끄는 한 간이역에
기차가 도착하였습니다
바람결에 노란 국화꽃 향기 풍겨오는
그곳에 한 번 내려 보고 싶다고 생각하는 사이
기차는 다시 출발했습니다
마음속에 작은 아쉬움 남았지만
그 역시 그냥 스쳐 지나가는
수많은 역들 중에 하나였습니다.

저녁놀

텅 빈 바닷가 일몰 속에서 절규하는 남자
사랑하는 여자 떠나보내고
홀로 남아 이별의 의식 치르고 있다

그의 슬픔 흘러넘쳐
하늘과 바다를 뒤덮은 붉은 놀

그의 텅 빈 손바닥엔
아직 그녀의 체온 남아 있지만
그녀를
더 이상 만질 수도

안을 수도 없어
가슴에 폭포수 같은 눈물 쏟아지고

그녀를 잊지 않겠다고 절규하는 남자

죽는 것보다
더 슬픈 건 잊힌다는 것이다.

틈새

봄밤 초승달빛 아래 산형(傘形)으로 수줍게 피어 있는 사과꽃 무리 달빛보다 애잔하다. 사과밭 너머 부석사 무량수전 그 뒤쪽 위 바위와 아래 바위가 서로 붙지 않고 떠 있어 '뜬돌(浮石)'이라 불리는 그 바위 틈새까지 사과꽃 향기 아찔하다. 아름다운 한 여인보다 부처를 더 사랑했던 한 남자에 대한 선묘(善妙)*의 사랑 이만큼 아찔했을까. 사람의 마음에도 틈새가 있다면 한 남자 따라 이역만리 건너온 여인의 사랑 그 틈새 비집고 가닿지 못했을 리 없다. 바람마저 달콤한 봄밤 사과꽃 향기 한 남자의 마음에 스미지 않았을 리 없다. 보리(菩提)의 별빛 아무리 청청해도 사람의 마음에는 틈새가 있다.

* 선묘(善妙)는 부석사의 창건 설화의 주인공으로 의상대사를 사랑했던 당나라의 여인이다.

귀가

출렁이는 달빛 밟으며
홀로 집으로 돌아가는 시간
바다는 텅 비어 있다

날개 잃어버린
새 한 마리
골짜기에서 눈물짓는 밤
하늘의 별빛 아스라이 멀다

지금은 출렁이는 달빛 밟으며
홀로 집으로 돌아가는 시간
바다는 저만치 텅 비어 있다.

인문예술을 시로 승화시킨 시적 경지

　송명희 선생은 다재다능한 지식인이자 예술가이다. 선생은 국문학자이자 문학평론가이고, 화가이자 사진작가이며, 시인이다. 그 옛날 우리의 선비들은 문학과 학문과 정치를 병행했지만, 선생은 문학과 학문과 예술을 병행함으로써 지식인, 예술가의 아름답고 이상적인 모습을 보여준다.

　선생에게 시는 내면에서 샘솟는 인문예술을 하나로 모아 승화시키는 지적 장치이다. 오랜 기간 갈고 닦은 자신의 학문과 예술을 인류가 만들어낸 가장 첨예한 문학 형식인 시로 용해시켜냄으로써 선생은 그 깊고 아득한 세계를 우리들 가슴속에 알알이 심어주고 있다.

　선생의 시에는 불의에 대한 추상같은 채찍이 어려 있고, 약자와 소외된 자에 대한 짙은 연민과 위로가 배어 있다. 그런가 하면 화가와 그림에 대한 시적 통찰이 서려 있다. 르네 마그리트, 에곤 실레, 피카소, 뭉크, 귀스타브 모로와 같은 서구 초현실주의와 상징주의 화가들에 대한 선생의 높은 예술적 안목과 그들의 명화에서 길어 올린 인간 내면의 진실은 선생만이 성취해낸 득의의 시적 경지이다. 그런가 하면 사랑, 죽음, 외로움, 허무함 같은 인간의 실존적 문제에 대한 서정적 인식도 넓게 펼쳐져 있어, 이 시집을 촉촉한 서정으로 물들이고 있다.

그러나 무엇보다도 주목되는 것은 이 모든 지적, 예술적 작업이 시적인 이미지로 승화되어 구현되고 있다는 점이다. 그리하여, 가령 고층 빌딩의 창문을 닦는 외주노동자의 위태롭고 안쓰러운 작업을 바라보며, "투명하게 닦고 또 닦아도 미래는 보이지 않는다"라고 노래하는 시인의 촉수를 따라가면 우리 모두는 선생과 시적 대상에 몰입되어 그가 그려낸 세계에 완전히 빠져들 수밖에 없게 되는 것이다.

고형진 | 문학평론가 · 고려대 교수

송명희의 사진 시집에 부쳐

들어가며

그림을 흉내내는 회화주의에서부터 출발한 사진은 다큐멘터리와 포스터모더니즘 시대를 지나 현대 디지털 시대까지 왔다. 사진과 미술의 융합은 이미 오래전의 일이다. 장르 구분은 의미 없고, 어쩌면 장르 공유란 말이 더 적합한 말일 수도 있다. 그러다 보니 표현의 대상이나 형식도 다양하게 변해왔다. 사진의 소재나 표현 형식에서 이제 '새로운 것이 없다'란 말을 할 정도까지 온 것이다. 그래서 공부를 하지 않는 사진가라면 앞으로 어떻게 나아가야 할지 혼란스럽다. 그러면 앞으로 어떻게 해야 할까? 그 방법 중에 하나가 재해석과 담론이라 말하고 싶다. 이번에 송명희의 사진 시집은 그러한 시도의 첫걸음이라 할 수 있겠다.

이번 사진 시집의 구성은 1부에서 5부까지 나누어져 있는데, 작가가 시의 내용에 따라 사진도 구분한 것 같다. 즉 사진 구분의 기준은 아마 시와의 연결고리일 것이다. 시인으로서는 훌륭하지만 사진인으로서는 아직 미흡한 부분이 많지만 많은 분들께서 격려해주시길 바란다.

본론에 들어가면서

유명한 작가의 사진전에 가보면 때로는 흔들린 사진들이, 때로는 초점이 안 맞는 사진들이 등장한다. 꼭 잘못 찍어 실패한 사진 같은 작품들이 전시되고 있다. 처음 보는 사람들은 혼란스럽다.

이번에 출판되는 송명희의 사진 시집에 실린 사진도 보면 얼핏 잘못 찍어서 실패한 사진같이 보인다. 앞서 언급한 것처럼 초점도 안 맞고 흔들리는 사진들이 많이 등장한다. 그러면 실패한 사진인가? 역시 절대로 그렇지 않다. 물론 이러한 형식도 이미 구 형식에 불과하지만, 일단 작가의 분명한 의도가 내포되었기 때문에 결코 실패한 사진이 아니라는 것이다.

표현주의 사진에 도전하다

사진에서 재현과 표현이란 말은 바늘과 실처럼 같이 붙어 다닌다. 말 그대로 재현이라 함은 있는 것을 있는 그대로 베껴내는 것이다. 주로 있는 그대로를 기록해야 하는 전통적인 다큐멘터리 작업에서 많이 활용되고 있다. 그러면 표현은 무엇인가. 이것은 어떤 대상이나 상황을 보고 작가 나름의 주관적인 생각으로 나타내는 것을 말한다. 형식적인 측면에서 본다면 재현의 과정은 전통적인 사진문법(노출, 초점, 구도)을 고수하는 것이 대부분이고, 표현의 과정에서는 전통적이든 현대적이든 형식에 구애받지 않는다.

송명희는 후자의 시도를 하고 있다. 작가의 내면이 현실의 대상과 만나서 하나의 새로운 결과물로 이미지화되는 과정에서 다분히 전통적인 사진의 표현 문법을 무시하는 태도가 자주 드러나고 있다. 이는 작가가 자신의 주관적인 해석을 통해 대상을 표현하려고 하기 때문이다.

여기서의 주관적인 해석이란 주관적인 생각이 바탕이 될진대 이는 작가의 삶(경험, 체험, 성향, 기억)과 함께 만들어진 것이다. 물론 형식적인 면에서 과장되어 보이는 부분이 없지는 않다. 하지만 일단 보는 사람에게 최소한의 궁금증을 자아내게 하고 있다는 점에서 고무적이다.

담론의 시작

개념미술이 등장하면서 따라온 것이 담론이다. 사진에서도 많이 거론되고 있다. 한 장의 걸작주의 사진에서는 담론이 거의 필요 없다. 그러나 연작사진에서는 담론이 필수적이다. 담론이란 왜 찍었느냐의 문제이고, 뭘 이야기하려고 하는 것이냐의 문제다. 노출과 초점이 잘 맞고 구도가 좋은 풍경사진이 의외로 평가절하받는 이유는 무엇일까? 그것은 담론이 없기 때문이다. 그냥 시각적으로 잠시 시선을 끌 뿐 그 이상이 없기 때문이다. 반대로 여러 가지 측면에서 기존의 사진문법을 어긴 듯하지만 자꾸만 시선을 끄는 사진들이 있다. 그런 사진들은 대체로 보는 사람들도 동일하게 느끼는 것이 아니라 각자의 방식대로 느끼고 생각한다. 따라서 이야기도 다양하게 나타난다. 한 예술작품에서 다양한 평론이 나오듯이 담론을 가능하게 하는 사진들에서는 다양한 해석이 나오는 것이다.

　담론이 가능한 결과물을 만들기 위해서는 사회학적 인문학적 철학적 소양을 겸비해야 한다. 그러기 위해서는 사진을 많이 찍는 것도 중요하지만 관련된 책을 많이 읽어야 한다. 송명희의 사진에는 담론의 가능성이 보인다. 그의 사진을 보는 사람이면 일차적으로 왜 이렇게 찍었을까라는 의문을 갖게 되는데, 담론은 바로 그 질문으로부터 시작된다. 송명희의 사진은 담론의 여지를 남기고 질문을 유발한다. 그 질문에 대한 답을 얻는 과정이 작가를 성숙하게 만든다고 할 수 있다. 물론 촬영 시작 단계부터 완벽한 의도나 기획이 된다면 그 답은 훨씬 수월하겠지만 아직은 질문을 유도하는 단계에 있다.

자유로운 영혼의 소유자

송명희의 사진은 어떤 형식에 구애받지 않는다. 대상의 선택에서도 아주 자유롭다. 사진을 시작하는 초심자들이 가장 힘들어하는 것은 무엇을 찍을 것인가에 대한 문제이다. 그래서 같이 출사를 나가면 많이 받는 질문 중에 하나가 "선생님 뭘 찍을까요?"이다. 그러면 대개 "본인이 찍고 싶은 것 아무거나 찍으세요"라고 나는 말한다.

그런데 송명희는 그렇지 않다. 피사체의 가림이 없다. 장소가 자연이든 골목이든 미술관이든 백화점이든 본인의 눈에 들어오는 대상은 가리지 않고 셔터를 누른다. 그리고 그것을 자신의 것으로 만들어버린다.

많은 아마추어들이 특정 소재에 집착하는 소재주의에 빠지기 쉬운데 송명희는 그렇지 않다. 물론 외적으로 드러난 몇 가지 형식이란 것이 이미 기존 사진가들이 많이 사용하는 것이긴 하지만…. 그 형식을 송명희는 자신의 이야기를 담아내는 데 적절하게 잘 활용하고 있다. 이것은 문학을 전공했고, 시인으로 활동하면서 쌓아온 내공이 아닐까 생각한다.

현실을 상상의 세계로

송명희는 문학을 하는 사람이고, 시인이기 때문에 상상력이 남다르다는 것이 사진을 통해서 잘 나타나고 있다.

앞서도 언급했듯이 대상에 구애받지 않고 어떤 대상이든지 자신의 상상력과 융합시켜 표현해내고 있다.

상상력이란 마음속에서 눈에 보이지 않은 영상을 만들거나 경험을 초월한 세계를 만드는 정신적 능력을 의미한다. 어떤 환경 속에 오랫동안 있게 되면 생각이나 행동이 환경의 지배를 받게 된다. 송명희가 살아온 환경은 시인의 환경이다. 시인의 환경이 만들어낸 감수성이 사진 작품에 나타나고 있는 사진적 상상력의 바탕이 되고 있다고 생각한다.

칸트는 상상력을 "대상을 그 현전이 없어도 직관 속에서 표상하는 능력"이자 "다양을 하나의 형상(Bild)에로 가져오는 능력"이라고 했다. 그는 상상력을 수동적인 '재생적 상상력'과 능동적이고 적극적인 의미를 지니는 '산출적 상상력'으로 구별했다. '재생적 상상력'은 연상의 법칙에 따라서 표상들을 결합한다. '산출적 상상력'은 지성의 규칙에 따라 범주에 적합하도록 표상들을 결합한다. 이 경우에 상상력이 행하는 종합은 지성의 감성에 대한 하나의 작용이다.

미국의 이민 시대를 기록한 두 사진가가 있다. 루이스 하인과 제이콥 리스이다. 이들은 미국의 이민 시대에 등장한 아동의 노동 문제, 주거 문제 등 사회적인 문제들을 사진으로 기록했다. 한 사람은 사회학자였고, 또 한 사람은 신문기자에 사회개혁가였다. 당연히 두 사람의 주된 관심은 사회적 문제일 것이다. 그래서 그들은 그들의 눈에 비친 불안전한 이민사회의 모습을 사진으로 기록한 것이다.

그런 측면에서 대학에서 평생을 문학을 강의한 교수로서, 시인으로서 문학적 상상력을 가진다는 것은 당연하겠다. 그런데 송명희의 상상력은 단지 문학에 그치지 않고 있다. 다양한 장르의 문화적 지식과 경험을 바탕으로 문학적 상상력을 넘어 음악, 회화, 조각에까지 그 상상력의 폭은 광범위하다. 굳이 칸트의 구분을 따르자면, 송명희의 사진에서 표현된 상상력은 단순한 기억의 재생에 기초한 재생적 상상력이 아니라 다양한 지식들이 결합하여 산출한 산출적 상상력이라고 할 수 있을 것이다.

2부에 등장한 파란 하늘에 날리는 붉은 천에서 그는 베르디의 레퀴엠을 상상하고 있다. 아마 붉은 천에서 진혼곡의 함성을 듣지 않았나 생각할 정도이다. 이 사진 시집에서 상상력의 절정은 3부인 듯하다. 어느 화가의 작품—내가 보기엔 이글거리는 태양 같은데—속에서 뭉크의 〈절규〉를 상상하고, 어느 조각가의 설치물을 피카소의 〈게르니카〉로 재해석을 하고 있다. 4부로 넘어가면 불꽃과 야간의 불빛을 이용해 새로운 카오스의 세계를 그려내고 있으니 그의 상상력의 범위는 참으로 넓다.

다시 시인으로

송명희는 어떤 장소에서든지 거리낌 없이 자신의 시를 낭송하기를 좋아한다. 그럴 땐 역시 어김없는 시인이다. 이 시집의 마지막 장에서도 송명희는 이렇게 말하고 있다. '나는 시인이다'라고….

앞 장에서 보여준 사진들은 다양한 형식을 통해 많은 상상력과 담론을 불러오게 만들었다. 물론 보는 이에 따라

선 사진에서 다소 불편함을 느끼는 분들도 있을 것이다. 그러나 마지막 장에서 그동안 흥분되고 거칠었던 것을 전부 내려놓고 있다. 등장하는 사진들이 완벽하게 시적이다. 즐겨 찾는 김해 마사리의 노을을 눈으로 보고 가슴으로 느꼈으며 사진으로 표현해낸 것이다. 결코 가볍지 않으며 깊이 음미해볼 수 있는 적당한 무게의 클래식 음악과도 같이….

문진우 | 사진가

카프카를 읽는 아침

송명희 사진 시집

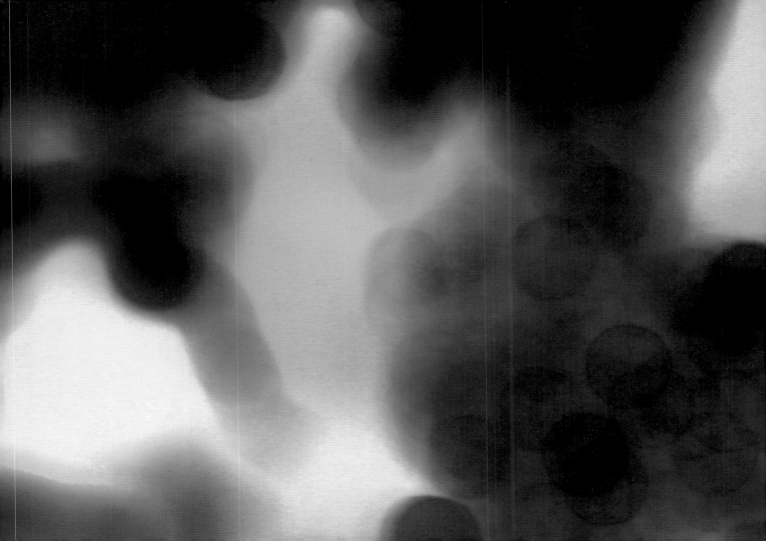

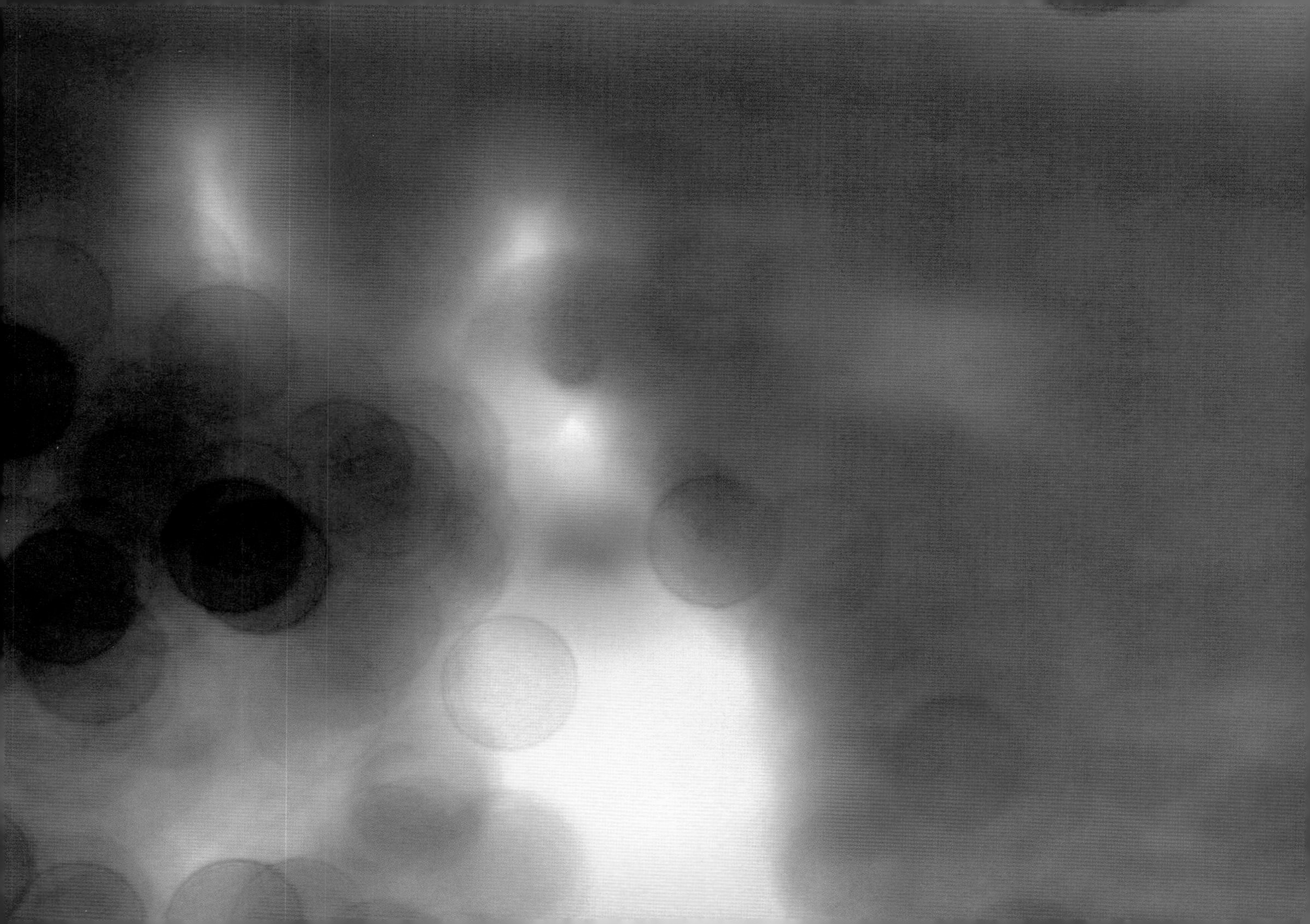